卡夫 著

卡夫截句

截句詩系 13

臺灣詩學 25 週年 一路吹鼓吹

【總序】
與時俱進・和弦共振
──臺灣詩學季刊社成立25周年

蕭蕭

　　華文新詩創業一百年（1917-2017），臺灣詩學季刊社參與其中最新最近的二十五年（1992-2017），這二十五年正是書寫工具由硬筆書寫全面轉為鍵盤敲打，傳播工具由紙本轉為電子媒體的時代，3C產品日新月異，推陳出新，心、口、手之間的距離可能省略或跳過其中一小節，傳布的速度快捷，細緻的程度則減弱許多。有趣的是，本社有兩位同仁分別從創作與研究追蹤這個時期的寫作遺跡，其一白靈（莊祖煌，1951-）出版了兩冊詩集《五行詩及其手稿》（秀威資訊，2010）、《詩二十首及其檔案》（秀威資訊，

卡夫_截句

2013），以自己的詩作增刪見證了這種從手稿到檔案的書寫變遷。其二解昆樺（1977-）則從《葉維廉〔三十年詩〕手稿中詩語濾淨美學》（2014）、《追和與延異：楊牧〈形影神〉手稿與陶淵明〈形影神〉間互文詩學研究》（2015）到《臺灣現代詩手稿學研究方法論建構》（2016）的三個研究計畫，試圖為這一代詩人留存的（可能也是最後的）手稿，建立詩學體系。換言之，臺灣詩學季刊社從創立到2017的這二十五年，適逢華文新詩結束象徵主義、現代主義、超現實主義的流派爭辯之後，在後現代與後殖民的夾縫中掙扎、在手寫與電腦輸出的激盪間擺盪，詩社發展的歷史軌跡與時代脈動息息關扣。

臺灣詩學季刊社最早發行的詩雜誌稱為《臺灣詩學季刊》，從1992年12月到2002年12月的整十年期間，發行四十期（主編分別為：白靈、蕭蕭，各五年），前兩期以「大陸的臺灣詩學」為專題，探討中國學者對臺灣詩作的隔閡與誤讀，尋求不同地區對華文新詩的可能溝通渠道，從此每期都擬設不同的專題，收集

專文，呈現各方相異的意見，藉以存異求同，即使
2003年以後改版為《臺灣詩學學刊》（主編分別為：
鄭慧如、唐捐、方群，各五年）亦然。即使是2003年
蘇紹連所闢設的「臺灣詩學・吹鼓吹詩論壇」網站
（http://www.taiwanpoetry.com/phpbb3/），在2005年
9月同時擇優發行紙本雜誌《臺灣詩學・吹鼓吹詩論
壇》（主要負責人是蘇紹連、葉子鳥、陳政彥、Rose
Sky），仍然以計畫編輯、規畫專題為編輯方針，如
語言混搭、詩與歌、小詩、無意象派、截句、論詩
詩、論述詩等，其目的不在引領詩壇風騷，而是在嘗
試拓寬新詩寫作的可能航向，識與不識、贊同與不贊
同，都可以藉由此一平臺發抒見聞。臺灣詩學季刊社
二十五年來的三份雜誌，先是《臺灣詩學季刊》、後
為《臺灣詩學學刊》、旁出《臺灣詩學・吹鼓吹詩論
壇》，雖性質微異，但開啟話頭的功能，一直是臺灣
詩壇受矚目的對象，論如此，詩如此，活動亦如此。

　　臺灣詩壇出版的詩刊，通常採綜合式編輯，以詩
作發表為其大宗，評論與訊息為輔，臺灣詩學季刊社

則發行評論與創作分行的兩種雜誌，一是單純論文規格的學術型雜誌《臺灣詩學學刊》（前身為《臺灣詩學季刊》），一年二期，是目前非學術機構（大學之外）出版而能通過THCI期刊審核的詩學雜誌，全誌只刊登匿名審核通過之論，感謝臺灣社會養得起這本純論文詩學雜誌；另一是網路發表與紙本出版二路並行的《臺灣詩學・吹鼓吹詩論壇》，就外觀上看，此誌與一般詩刊無異，但紙本與網路結合的路線，詩作與現實結合的號召力，突發奇想卻又能引起話題議論的專題構想，卻已走出臺灣詩刊特立獨行之道。

臺灣詩學季刊社這種二路並行的做法，其實也表現在日常舉辦的詩活動上，近十年來，對於創立已六十周年、五十周年的「創世紀詩社」、「笠詩社」適時舉辦慶祝活動，肯定詩社長年的努力與貢獻；對於八十歲、九十歲高壽的詩人，邀集大學高校召開學術研討會，出版研究專書，肯定他們在詩藝上的成就。林于弘、楊宗翰、解昆樺、李翠瑛等同仁在此著力尤深。臺灣詩學季刊社另一個努力的方向則是獎掖

青年學子，具體作為可以分為五個面向，一是籌設網站，廣開言路，設計各種不同類型的創作區塊，滿足年輕心靈的創造需求；二是設立創作與評論競賽獎金，年年輪項頒贈；三是與秀威出版社合作，自2009年開始編輯「吹鼓吹詩人叢書」出版，平均一年出版四冊，九年來已出版三十六冊年輕人的詩集；四是興辦「吹鼓吹詩雅集」，號召年輕人寫詩、評詩，相互鼓舞、相互刺激，北部、中部、南部逐步進行；五是結合年輕詩社如「野薑花」，共同舉辦詩展、詩演、詩劇、詩舞等活動，引起社會文青注視。蘇紹連、白靈、葉子鳥、李桂媚、靈歌、葉莎，在這方面費心出力，貢獻良多。

臺灣詩學季刊社最初籌組時僅有八位同仁，二十五年來徵召志同道合的朋友、研究有成的學者、國外詩歌同好，目前已有三十六位同仁。近年來由白靈協同其他友社推展小詩運動，頗有小成，2017年則以「截句」為主軸，鼓吹四行以內小詩，年底將有十幾位同仁（向明、蕭蕭、白靈、靈歌、葉莎、尹玲、黃里、方

群、王羅蜜多、雲朵、阿海、周忍星、卡夫）出版《截
句》專集，並從「facebook詩論壇」網站裡成千上萬的
截句中選出《臺灣詩學截句選》，邀請卡夫從不同的角
度撰寫《截句選讀》；另由李瑞騰主持規畫詩評論及史
料整理，發行專書，蘇紹連則一秉初衷，主編「吹鼓
吹詩人叢書」四冊（周忍星：《洞穴裡的小獸》、柯
彥瑩：《記得我曾經存在過》、連展毅：《幽默笑話
集》、諾爾・若爾：《半空的椅子》），持續鼓勵後
進。累計今年同仁作品出版的冊數，呼應著詩社成立的
年數，是的，我們一直在新詩的路上。

　　檢討這二十五年來的努力，臺灣詩學季刊社同
仁入社後變動極少，大多數一直堅持在新詩這條路上
「與時俱進・和弦共振」，那弦，彈奏著永恆的詩
歌。未來，我們將擴大力量，聯合新加坡、泰國、馬
來西亞、菲律賓、越南、緬甸、汶萊、大陸華文新詩
界，為華文新詩第二個一百年投入更多的心血。

2017年8月寫於臺北市

截後重生

菜子烏

　　對於「截句」一開始的認知，是從字面的意義去解讀，就是把一首詩「截取」其中幾句精華，因為通常一首膾炙人口的詩，我們大概也只是記得其中幾句，例如：鄭愁予的〈錯誤〉我達達的馬蹄是美麗的錯誤／我不是歸人／是個過客、楊牧的〈孤獨〉孤獨是一匹衰老的獸／潛伏在我亂石磊磊的心裏、三毛〈如果有來生〉如果有來生，要做一棵樹，／站成永恆。沒有悲歡的姿勢……。後來上網搜尋蔣一談[1]的說法，以及取其音與「絕句」之相對關聯性；及至白靈

---

[1]　參考資料見：臺灣詩學〈論壇三十號〉心想詩成，蕭蕭〈截句作為一種詩體的形成進程〉P.118

先生正式把「截句」推廣至「臺灣詩學季刊」所屬的「吹鼓吹詩論壇」的臉書創作版網頁〈Facebook詩論壇〉其徵稿的說明是：一至四行均可，可以是新作，也可以是從舊作截取，深入淺出最好，深入深出亦無妨。截句的提倡是為讓詩更多元化，小詩更簡潔、更新鮮，期盼透過這樣的提倡讓庶民更有機會讀寫新詩。果然引起許多寫手的貼文，後來又留言附原作更好，但無硬性規定。卻也因此引起了一些爭議性的看法，有一部分的人認為，既然是「截句」，理所當然該附原作，以茲辨別其出處；有一部分的人認為，明明就是「小詩」，因為也包括新作，何來「截句」之有？〈Facebook詩論壇〉又與聯副合作一些其他類別的截句徵稿，如：詩是什麼、讀報截句、小說截句等等。所以此「截」的取材定義，似乎不限於詩了。

在閱讀了蕭蕭先生所寫的〈截句作為一種詩體的形成進程〉[2]及截句詩系裡的【代序】〈臺灣『截句』

----

[2] 　　如註1

創作風潮與實踐〉[3]，從其發展以致追溯至近體詩絕與
律之雞生蛋，還是蛋生雞的問題，我相信不是中文系
的人絕對無法思考及論述的這麼縝密，其中最引起我
共鳴與認同的是：在【代序】中從臺灣「截句」的進
程來探討以及從「實踐」的角度切入。此實踐也包含
了實驗的精神，也就是除了舊作的截取，也可新作並
且在一～四行的結構下，作各種形式的試探。

　　因此，在此脈絡下，讀卡夫的截句，是否會引領
我們發現更多「截句」的形式與內容？以其讓「臺灣
截句」，有更多的延展性與討論空間。

　　《卡夫截句》共分三輯：輯一〈附截句過程／短
評〉、輯二〈新截附原作／新創〉、輯三〈組詩〉。
此詩集的特色是除了「輯三」兩首組詩外，凡截取詩
作都附了原作，皆可對照截取的部分；尤其是「輯
一」，還可見其過程，我們可以發現卡夫如何取捨，
並且也看見一首詩的諸多建議與面向。這個過程讓我

---

[3]　〈臺灣『截句』創作風潮與實踐〉P.009，《蕭蕭截句》蕭蕭
　　著，秀威資訊科技2017.09

聯想到黑格爾[4]對於本質的思考及其辯證，就是我們常說的「正、反、合」，也就是反思。「本質的觀點一般地講來即是反思的觀點。反映或反思（Reflexion）這個詞本來是用來講光的，當光直線地射出，碰在一個鏡面上時，又從這鏡面反射回來，便叫反映。在這個現象裡有兩方面，第一個方面是一個直接的存在，第二個方面同一存在是作為一間接性的或設定起來的東西。當我們反映或（像大家通常說的）反思一個對象時，情形亦復如此。因此這裡我們所要認識的對象，不是它的直接性，而是它的間接的反映過來的現象。」[5]所以簡單的說：透過一首詩的呈現，眾多意見的反映，最終卡夫決定了一個綜合性的自我結論。「黑格爾指稱的辯證，即是對事物所作的變動性的思考模式。綜論（合）[6]則是人類提高一個層次，以綜

---

[4]　格奧爾格・威廉・弗里德里希・黑格爾（Georg Wilhelm Friedrich Hegel，1770年8月27日－1831年11月14日），德國哲學家，生於斯圖加。擷取自：https://goo.gl/PaBBoC

[5]　《小邏輯》P. 248，黑格爾著，賀麟譯。臺灣商務出版，1998。

[6]　「（合）」筆者所加。

合、宏觀或全面性態度觀看事物。通過視作矛盾、對立的事相，抱持綜觀的態度加以了解。」[7]但是，黑格爾的「正、反、合」其實是一個自身運動循環的無限運動，也就是「正→反→合（正）→反→合（正）⋯⋯」；所以，是否決定性的截句詩作，就是一首完整的作品？它是否還有討論的空間？

　　首先對「輯一」的第一首詩作〈我〉就驚訝不已，因為這是卡夫第一本詩集《我不再活著》的封底呈現的設計文字「我Is孤島」，字體斜行，似有躺的意象，作為一個新加坡華人詩人，在語言的混搭我是理解的，但這是不是一首一行詩的概念就比較存疑；因為以一本詩集而言，認為這是一種宣言，是揭示此詩集的基底，帶有一種孤獨的哀傷；所以當我讀到原作：〈我〉躺下是一座孤島。然後經過改寫「躺下是一座孤島／／站起來／一群飛鳥掠過耳畔」，其過程的變化，就想「這是截句嗎？」所以「截句」的

---

[7]　　《黑格爾》P.68，蔡麗美著。左岸文化出版，2003。

過程也包括增生；不僅是「截」，而是「截」而後「生」，也就是「截取部分細胞，以生其肉」。其中〈鐘〉原作：一座牢籠，獄卒／／來回走動，我動彈不得。這本身已是一首小詩；但新作：01／獄卒來回走動／計算著釋放我的時間／／02獄卒來回走動／尋找著自己的空間／／03獄卒來回走動／計算著我們之間還有的距離。所以「截」的另一層面，是把已是小詩的詩作，截其一句再創？〈詩念〉，原作：一條蛇纏住／掙得越久越急纏的越緊／不能呼吸。截句之後：纏得越久／掙的越急／纏得更緊／／哪裡是我的曠野？這些「截」是將小詩修寫，那是否截後更勝一籌呢？所以卡夫的「截句」也包括增寫或修寫；有些在原題旨下再修，有些又另創了新意。

　　我覺得截得最好的是〈巡〉：

　　　一左　　刺刀　　一右
　　　挑　　路上夜色　　開

　　　　　　一個不小心

　　包　　　腳步聲　　　圍

　　這是一首結構「不形於色」的圖像詩，有各種讀
的方式，帶有形式上的突破，更勝於原作。另是內容
極為簡約的〈真相〉：砰！／所有的腳一哄而散／／
風低頭路過／不語。雖短卻故事性十足，並且是將原
作〈主義〉一魚兩吃，所以同樣截取一首詩作，可以
發展成兩首不同的截句。

　　「輯二」就比較單純，截句的部分附錄原作，大
抵不脫「輯一」的模式，只是沒有了短評的部分；其
中有九首新作，刻意安插在新截的順序裡，我想自有
詩人的前後呼應與安排；新作中〈椅子不空〉：

　　──致劉曉波（**1955-2017**）

　　　　所有人站了起來
　　　　你還是坐不上去

他們搶先入座

要你相信　椅子不存在。

　　這首詩寫得語言簡單，卻把我們所熟知的事件涵義其中，象徵性十足（但我覺得斷句可再討論）；另有一首一行詩的〈時間坐在時間裡忘記時間〉：不可擅越，一步即成孤獨。詩題比詩長，並附一張女性泳裝面海的背影照片，這彼此間的互涉，真令人深思。

　　新截的部分〈落花〉：來不及美麗／風雨就來送葬／／多想彎身和你說　回家了。比起原作簡潔且集中在一個焦點，人世間有太多遭遇可以對號入座，是一首令人動容的詩。

　　「輯三」〈髮的紀事〉與〈香港高樓〉兩首組詩，其實這也是經過修寫的，但為什麼就沒有附錄原作呢？那比起前兩輯閱讀的感受性，又有甚麼差別？這部分就交給讀者依個人的體驗解讀。我要問的是：組詩也是「截句」嗎？只要每一組都是一～四行之

內；或者經過刪修的組詩，也是「截句」嗎？看來
「截句」的形式似乎在卡夫的實踐與實驗精神下，又
有更多觸探的邊界。

　　作為「截句」系列的詩集，這是一本值得閱讀，
並且有「截後重生」的參考價值；但作為一本「純詩
集」，若單純把所有「結（截）案」的小詩綜觀，會
發現卡夫的詩意象很常用「風、夜、鳥、耳、時間、
影子、聲音、眼睛……」，尤其是「眼睛」。整本詩
集的閱讀與一首短詩的閱讀是很不一樣的，我們會感
知一個詩人的詩風與特質，可以感受到卡夫生命的內
在思維與對詩的執著；只是如果要承載此向度，除了
在「截句」的形式增刪思索，更多要去試探生活細節
眼睛所及的事物所直達心靈深處的觸動隱喻。

　　這也是對我自己的反思與期許，何妨不是所有熱
衷語言煉金術的詩人們，省思不要太常重複自己，在
一本詩集裡「撞衫」！

　　「截」是一種形式的探索，但詩所傳達的意涵與
精神，詩人對世界的探問，詩人所掘的「一個蘿蔔，

一個坑」──當閱讀進入讀者自我映照的時候，誰也不知道接下來會長出甚麼？

葉子鳥 2017/10/11

自截與被截的詩句

靈歌

　　《卡夫截句》是一本特異的詩集，尤其【輯一
附截句過程／短評】，初讀前幾首詩，覺得附上詩
集的短評未免過多。如詩集中第一首詩〈我〉：「躺
下是一座孤島」「站起來／一群飛鳥掠過耳畔」，第
一輪二位詩人點評（包括我自己在吹鼓吹詩論壇上的
回覆短評，最後一行還建議改為自己的詩句：「躺下
是一座孤島」「站起來／漫天飛鳥驚弓四射」）。第
二輪又是【原作】的〈我〉：「躺下是一座孤島」，
呈現這首詩的原貌是一首一行詩而非首頁的三行。接
著【點評一】是蕭蕭與劉正偉在臉書上的對談，以輕
鬆的口吻。【點評二】是劉正偉短評，卻還沒完，繼

續是作者的【修改一】：〈我〉：「躺下是一座孤島／站起來是一片海」，後面還有蕭蕭的【建議】：〈我〉：「躺下是一座孤島／站起來，天風從我脅下竄出」。這樣一首詩，曲折迴轉，歷經多位醫師會診，各自動以大刀整容，雖然作者最後還是以自己面貌呈現，但身為讀者，幾乎弄不清這首詩的最終樣貌，其血統中的DNA又有了哪幾位詩人的遺傳基因？

　　卡夫非常勇敢的將【輯一】的生產過程，甚至受精後宛如公開播放的試管變化完全直播，然後出版成詩集上市。類似這樣的詩集，印象中只有白靈的《詩二十首及其檔案》，但白靈是將自己這二十首詩的初稿二稿……直到定稿的修改過程呈現，畢竟是自己的歷程，但卡夫的演出則邀請好幾位詩人參與，最多的是蕭蕭，以及白靈／劉正偉，和吹鼓吹詩論壇上的幾位版主。

　　面對這樣的【輯一】要寫序，起初我真是無從下筆。但讀完整個【輯一】，卻發覺卡夫的截句要比原詩好太多，甚至有如魔術師，將原詩脫胎換骨。雖然

有點犯規，截句詩的所有詞句，並非完全截自原作，常常有新增句子甚至完全翻新。另外也想起辛牧兄對於【截句詩】的感觸：「如果一首詩，被從中截出幾個句子，成為四行內的小詩，是一首完整的好詩，那不就證明，原作其他句子是多餘？」

　　卡夫的【輯一】確實呈現這樣的落差和違反截句的規則。我舉幾個例子對照：

　　【截句詩】
　　〈痛〉
　　點亮一盞燈

　　眼睛成了驚弓之鳥
　　槍都上膛了

　　我不過是想寫一首詩

卡夫_截句

【原作】

〈痛〉

不過點亮一盞燈

眼睛受驚
嘴巴譁然
所有槍舉起

我感到痛
要有一聲叫喊

這是找不到門窗的房間

　　詩題完全一樣，但截句詩的文字大都和原作不
同，只有「點亮一盞燈」這句一樣。坦白說已經不能
稱為截句而是完全與原作無關的新作。截句詩的主題
是「我不過是想寫一首詩」，原作主題卻是尋找出
口，完全不同。而截句詩的意象飽滿語言凝鍊，遠遠

超出原作的水準。

【截句詩】
〈吻〉
舌在嘴裡狂飆
唇在越來越小的床上
翻滾

夜　無處可逃

【原作】
〈吻〉
嘴在嘴裡
舌在狂燒
唇在越來越小的床上
翻來覆去
一分鐘比一世紀長

今夜開始
無處可逃

　　截句並沒規定要截一句完整的句子，所以只要
句或詞都出自原作即可。這首〈吻〉，截句詩只有多
出「滾」這個字，其他倒是都從原作截來。而相互對
照，雖然詩題與主題內容都相同，但截句詩去蕪存
菁，張力強大，充分發揮小詩的精準有力與餘韻綿
遠，原作則呈現鬆垮。

【截句詩】
〈之間〉
眼睛躺在眼睛裡，小了
世界看在世界裡，近了

聲音擠在聲音裡，輕了
時間聽在時間裡，遠了

【原作】

〈之間〉

眼睛躺在眼睛裡，小了
世界看在世界裡，近了

聲音擠在聲音裡，輕了
時間聽在時間裡，遠了

詩寫在詩裡，亮了
讓你來世也不會迷路

　　這首〈之間〉又和前二首相異，截句詩完整截取
原作前四行，一字不改，但就如此奇妙，彷彿村婦蛻
變成盛宴中的貴婦。原作多了後二行，就像美女長出
猴子的尾巴，非得截斷無法成人。這一首四行疊句真
是神來之筆，除了四個不同的主詞「眼睛／世界／聲
音／時間」之外，分別以不同的動詞「躺／看／擠／
聽」連接，再加上四種形容詞「小／近／輕／遠」作

為收尾，卻完成一首令人驚艷的佳作。好像同樣到市
場採買宴席食材，但回到廚房，大廚師就是不同於家
庭主婦，一上桌，高下立判。卡夫在這首詩中顯露出
不凡的功力

【截句詩】

〈主義〉

眼睛都躲在窗下

雙手一推，驚見

所有耳朵豎起來，等

第一聲槍響

【原作】

〈主義〉

所有眼睛都關在窗外

雙手一推，驚見

所有耳朵豎起來，等

第一聲槍響

所有腳一哄而散
留下風，抹著
來不及乾的血跡

　　這首〈主義〉又是另外的風景。截句詩精煉，
原作夠水準。唯一相同的，是將「主義」二字定位為
「威權」、「強制」。不過，主義有時是被動的，並
非強人或學者制定，且有好有壞，且舉些例子：「共
產」「社會」「資本」「人本」「三民」「民族」
「人道」………。
　　詩集裡，這首詩共附了四位詩人的五種建議，
白靈二種，都一字不改，只是換行序，或者一二節做
了調整。其餘的蕭蕭、葉莎、王勇，分別改了幾個字
並調整行序。讀者可以自行體會比較，您支持哪一個
版本。

【截句詩】

〈求知〉

翻開書頁

一隻鳥飛了起來

越飛　越高　越遠

一條蛇向天空伸了個懶腰

【原作】

〈求知〉

翻開書頁

一隻鳥飛了起來

開合之間

　　　　越

　　　　　飛

　　　　　　越

　　　　　　　遠

遠
　　遠

只有天空理解我
我的眼光比他還要大

　　這首〈求知〉，截句詩除了截句原作，又有添加。截句的推動者白靈附了點評：

　　　　有諷刺味，鳥是一句得，蛇是一本書。無足的不明有翅的，土象星座的嘲笑風象星座的。何者高，有時難料。
　　　　截句後比原稿棒多了。所以截好句再添加，使詩創作空間彈性更大。此詩是好示範！
　　　　（**白靈**）

　　原來白靈推動的截句是靈活的，只要截句後，詩能比原作好，添加其他詞句都不算違規，我自己卻

謹守規範。哈哈！這才對啊！詩寫好最重要，去他的
規範！這首截句詩不僅前三行妙，最後添加的這一行
「蛇向天空伸了個懶腰」，才真是伸得好伸得高啊！
所謂「畫蛇添足」多此一舉，在此處，這條蛇真是多
此一舉才妙！

　　【截句詩】
　　〈信念〉
　　腳　　夢見飛鳥
　　只有眼睛可以理解

　　學會合十
　　不再和走獸賽跑

　　【原作】
　　〈信念〉
　　腳懂得土地
　　所以不會出走

妙在
也會夢見飛鳥
只有眼睛可以理解

學會合十
不再和走獸賽跑

　　這首〈信念〉，文字都截自原作，但將說理的部
分去除，再壓縮，詩意盎然。原作第一節的五行成為
二行，這二行充滿禪趣，腳與眼睛更緊密相通，真是
截得高妙。

【截句詩】
〈詩念〉
纏得越久
掙得越急
纏得更緊

哪裡是我的曠野？

【原作】
〈詩念〉
一條蛇纏住
掙得越久越急纏得越緊
不能呼吸

　　我和白靈對於截句詩的最後一句都很讚賞，這句是
原詩所無。而蕭蕭點出原句詩的缺憾，真是功力深厚：
「用了自己內心出現的[蛇]字，具體了，但也限定了，
說不定有人心中出現的是藤蔓，就被排除了。」。而卡
夫也是一點就亮，舉一反三，不僅將[蛇]拿掉，更將最
後一句的軟弱無力，毫無餘韻的收尾，改成大哉問。

【截句詩】
〈這樣就過了一天〉
剛過下午

夜就來敲門

開不開門　無處可逃

反正我是向晚的黃昏

【原作】

〈與死亡對話〉

剛過餉午

屋外

夜提早敲門

開不開門

無處可逃

反正我是向晚的黃昏

躺那裡

不就這樣過了一天

一場突然風雨

亂了下午步伐

> 清晨在手中還微熱
>
> 喝也來不及了
>
> ⋯⋯⋯⋯

　　這是我賞析輯一的最後一首詩，卻首次出現，截句詩與原作題目不同，增加截句詩的可能。我自己的《靈歌截句》詩集，卻是故意將所有截句詩的詩題和原作都不一樣，當然，也因為截句後的詩主題，大部分都脫離原作。

　　這首〈這樣就過了一天〉，同樣將原作的〈與死亡對話〉大幅刪改，語境與詩味飽滿，增加的新句新詞都恰到好處，畫龍點睛。第一節最後一句「開不開門／無處可逃」「反正我是向晚的黃昏」，銜接與轉折幾乎完美。

　　再談輯二。這本詩集的輯一，占了大半篇幅，因為附上許多點評與修改到定稿的過程。輯二則屬於新作品，不附點評，直接將截句詩與原作並呈對照。輯三則以二首組詩與一張照片作結。看得出，輯一的截

句詩，是整本詩集中的精華，因為太亮眼，將輯二的
截句詩比了下去。

　　我們試讀〈雕像一〉〈雕像二〉：

【截句詩】

〈雕像一〉

要我如何相信
只能仰望你

頭　頂著天空
就不會說謊

【原作】

〈雕像〉

要我如何相信
只能仰望你

三月，耳朵列隊走過你的腳下

眼睛在過濾風聲

剩下一種聲音

不會被槍斃

要我如何相信

你直頂著天空

就不會說謊

九月，國家受難日

誰寫的歷史是歷史

　　這首截句詩除了「頭」這個字，其他都截自原
作。在這裡，將雕像與威權專制掛勾，但是雕像也有
古人和犧牲自己救助大我或小我的偉大小人物。

　　截句與原作都使用疑問句，卡夫是新加坡人，
「三月，耳朵列隊走過你的腳下」和「九月，國家受
難日」這二句和時間相關的句子，指的不是臺灣，但
對於塑造強人政治威權形象的雕像，和臺灣許多反極

權爭自由的人士一樣，明指與暗諷都相同。詩中對照的「相信」「說謊」，「耳朵」「眼睛」「過濾」「風聲」「槍斃」等詞，強烈控訴專制者的惡行與對人民恐怖箝制。有時敘事詩對於這類政治和歷史很有渲染力，但需要長詩鋪陳。小詩寫這類題材，同樣要快狠準並留下餘韻。這首〈雕像一〉的截句詩，和新創的〈雕像二〉，都發揮得淋漓盡致。

【新創】

〈雕像二〉

死了　　還要站著

不允許躺下
試試天地的寬窄

　　第一行這麼直接，這麼現實鋒銳。二三行弔詭地拋出各人解讀。到底是躺下才試天地寬窄，或因不允許躺下而直立才知？

【新創】
三生

一端是前生　　一端是來世
今生已是白髮
和時間玩蹺蹺板

　　這首詩是新創而沒有原作。第一行為了鋪陳最
後一行，所以收尾將整座公園的喧嘩盪高，又隨著沉
寂回落。來回擺盪的是前生來世的自己，總是輕重加
減，像鐘擺般無法停止。第二行滿頭白髮的看透與釋
然，是三生中的軸心，如何潤滑讓擺盪降低噪音，
讓時間轉動順暢，或許已經了然，而暢快地玩起蹺
蹺板。
　　《卡夫截句》是一本特異的詩集，讀完全書還是
如此感觸。卡夫在詩集中將自己裸裎，遞出短刃，讓
幾位詩人就近審視，尋找自己喜歡的部位下手。割開
輸血，斷肢接骨，內臟時不時更換手術。而手術房如

此公開，無懼於細菌滋生。出了院，他返老還童，將
日月星辰的光芒隱晦於身，又時不時閃射耀眼。他思
索自己的悲歡生滅，在原創中尋找再生的可能。原作
或許飛入火場，化成灰燼後於火中再起，飛出浴火鳳
凰的截句，這本截句詩集的淬鍊，可以預期，如閉關
多年的高于‧卡夫的下一本詩集，將再令我們刮目
相看。

                                        靈歌2017/10/13

卡夫_截句

目　次

輯一｜附截句過程／短評

輯二｜新截附原作／新創

輯三｜組詩

附截句過程／短評

我

躺下是一座孤島

站起來
一群飛鳥掠過耳畔

【點評一】

　　我點了，你化了。（**蕭蕭**）

【點評二】

　　二節間互相對照，第一節很靜，幾乎死寂。

　　第二節不只「動」，且有了畫面和聲音，一首成功轉折的好詩，幾乎就置頂了！只是「掠過耳畔」雖說飛鳥拍翅總有聲音，但掠過耳畔也可以是感覺，因為聲音的意象不夠強烈，且無法將「我」站起來出場的氣勢釋出，讓整首詩的主題〈我〉，靜如處子動如脫兔，達到風林火山的境界。

　　我小小建議提供參考：

　　〈我〉

　　躺下是一座孤島

　　站起來

　　漫天飛鳥驚弓四射（靈歌）

【原作】

〈我〉

躺下是　一座孤島

【點評一】

　　站著呢？（蕭蕭）

　　哈哈哈……站著就中槍^^（劉正偉）

　　站著如果會中槍，那一定要學會姚時晴如何利用膝蓋。（蕭蕭）

　　站著如果是一座山，那就不要隨便躺。（蕭蕭）

　　盤古躺下時，唱著：我的頭髮想你我的肋骨想你我的心臟不再跳動仍然忍不住想你—（蕭蕭）

【點評二】

　　〈我〉躺下是一座孤島

　　寫得好，寫每個人都有的孤寂感。或徹夜難眠失眠的苦。形象刻畫清晰^^

　　就像〈斷章〉一樣。孤島，也是新加坡，所以隱喻又多了一層。又是更棒更多元的解讀^^（**劉正偉**）

【修改一】

〈我〉
躺下是一座孤島
站起來是一片海

【建議】

孤島與海，意象太近。提議可以修改成

〈我〉

躺下是一座孤島

站起來，天風從我脅下竄出（蕭蕭）

痛

點亮一盞燈

眼睛成了驚弓之鳥
槍都上膛了

我不過是想寫一首詩

【點評】

　　然而寫詩，即是將這樣瞬間的感動與靈魂的觸痛，由作品符號的，更是與讀者共鳴的空間感，將生命時間不易掌握的永恆性，如槍似箭，準確地與內心知覺，予以凝結，照亮。

　　這一首小詩，自然地運用了短詩的快狠準特性，一針見血地道出了寫詩的心路歷程與其意義。（黃里）

【建議】

〈痛〉
槍都上膛了
眼裡有驚弓之鳥

不過是想寫一首詩
我點亮一盞燈（劉正偉）

【修改】

〈痛〉

不過是想寫一首詩
我點亮一盞燈

眼裡有驚弓之鳥
槍都上膛了

【點評】

　　最後兩句互換，槍先上膛，才有驚弓之鳥。
　　恐懼，與憐憫，這樣，更契合主題「痛」。
　　有鳥（社會或世界）的恐懼，與詩人（眼裡）
（對社會或世界）的憐憫之心。（**劉正偉**）

【原作】

〈痛〉

不過點亮一盞燈

眼睛受驚
嘴巴譁然
所有槍舉起

我感到痛
要有一聲叫喊

這是找不到門窗的房間

隙

日子瘦成風也無處轉身

出走的右耳留下左耳

想像遠方有光

即使針　也穿不過天地的缺口

【點評】

　　這一首〈隙〉，讀完引人內心澎湃洶湧，因為感受到了那一種生活在夾縫裡的險惡，而內心又實是未完全放棄或屈服的，甚至是懷抱著一份關心與希望。

　　（死寂與黑暗經常是恐懼的背景，潛意識中以聽覺對「群體訊息」與視覺「新世界」的轉喻，最能強調出理性知覺的滿足需求。）

　　至結尾「天地的缺口」，生活的苦難瀕臨極限，「針」與「隙」的意象契合，表達尋求突破、解決問題，治療傷痛的內心渴望，相互產生了強烈的互補張力。

　　詩人因歲月的淬鍊，永保赤誠的真心，才能以熟練的詩語言，自然地歌唱出對生命的喟嘆。（黃里）

【原作】

〈隙〉

日子瘦成風也無處轉身

任由擺布

聲音張牙舞爪

擠滿所有時間

反鎖了眼睛

要我不能有夢

出走的右耳留下左耳

不作抵抗

想像遠方有光

已近

馱我躍出困頓的身體

方覺

即使是針

也穿不出天地的缺口

鐘（一題三則）

01

獄卒來回走動
計算著釋放我的時間

02

獄卒來回走動
尋找著自己的空間

03

獄卒來回走動
計算著我們之間還有的距離

【點評】

　　獄卒來回走動，可以思考為鐘擺左右擺動，也可視為長短針不停地迴繞，他們都在固定的路徑無意識地重複著生命的無奈感。

　　鐘是時間也是牢籠，人生都困在鐘裡時間裡，唯有獲得「釋放」方獲真正自由。

　　他怎不累，他連轉身的空間都沒有，而我與他是漸行漸遠。

　　三則小詩三種層次……（**蕭蕭**）

【原作】

〈**鐘**〉

一座牢籠，獄卒

來回走動，我

動彈不得

【點評】

1. 斷句的思考：

你一向喜歡跨行式的斷句，如果改成常態性，會是如何？可以比較看看。

一座牢籠
獄卒來回走動
我　動彈不得

2. 意象的思考與連結：

將鐘想成牢籠，造就不錯的意象。獄卒來回走動，可以思考為鐘擺左右擺動，或是指針等的回繞，都有在固定的路徑裡無意識地重複的生命無奈感，可以呼應「牢籠」的基本意象。但，「我」，何所指？整座鐘，還是「時間」？或是寫作的「主體」——人？這是呼應不完善的地方。

卡夫 _截 句

3. 時間是流動的，孔子用逝水形容，我們用什麼？此
   詩用牢籠，如果全詩改為如下詩句，把答案丟給讀
   者也無妨。

一座牢籠

獄卒來回走動

他在找尋時間嗎？（**蕭蕭**）

吻

舌在嘴裡狂飆
唇在越來越小的床上
翻滾

夜　無處可逃

【原作】

〈吻〉

嘴在嘴裡

舌在狂燒

唇在越來越小的床上

翻來覆去

一分鐘比一世紀長

今夜開始

無處可逃

【修改一】

〈吻〉

嘴在嘴裡

舌在狂燒

唇在越來越小的床上

一分鐘比一世紀長

【建議】

〈吻〉

舌在狂燒

脣在越來越小的床上

翻來覆去

一分鐘比一世紀長（**蕭蕭**）

【修改二】

〈吻〉

舌在嘴裡狂燒

脣在越來越小的床上

翻來覆去

今夜開始無處可逃

【點評】

最新本，最後一句反而可以不要。（**寧靜海**）

阿海建議不錯，但若能新起一意，末句還是可考慮保留。只是可否再截短一點，讓它有言外之意，望不覺唐突，比如：「夜　無處可逃」（**白靈**）

【修改三】

〈吻〉

舌在嘴裡狂燒

夜　床上翻來覆去

無處可逃

【點評】

　　吾兄原修正版三句不變較佳，空一行，再加「夜～」那一句，如此好像才有跳出另一意思的感受，提供參考。

　　您改後的版本前三句不動，因很橋，只單純去掉吾兄末句的3個字，如下供參考：

舌在嘴裡狂燒
唇在越來越小的床上
翻來覆去

夜　無處可逃（**白靈**）

巡

一左　　刺刀　　一右
挑　　路上夜色　　開

　　　　一個不小心
包　　　腳步聲　　圍

【點評】

卡夫兄這夜巡傳神，可以有多種解讀。

刺刀一左一右
挑開路上夜色
一個不小心
腳步聲卻被包圍
或
腳步聲突圍而去（**季閒**）

【原作】

〈巡〉

冷冷的刺刀
一左　一右
挑開
一路上埋伏的夜色

卡夫截句

收集月光
是這次突襲的主題

轉身
一個不小心
你被黑夜偷走了

之間

眼睛躺在眼睛裡，小了
世界看在世界裡，近了

聲音擠在聲音裡，輕了
時間聽在時間裡，遠了

【點評一】

詩，可以解，也可以不必解，因為，解了就破掉韻味，也限縮讀者的想像感受。因為好詩，可以多重解讀，擴大作者創作時的原意。身為讀者，要多讀各種詩風的詩，提升自己讀詩的能力，敏感度，才能自一首隱晦的、多轉折多意象的好詩中品味。詩，真的是精緻迷人的文體。

我的讀法：因為詩題〈之間〉，所以必有對照關係。「眼睛」、「世界」、「聲音」、「時間」，有實體，有抽象，且互相交錯混雜，因而變化萬千。你我的「眼睛」、「世界」、「聲音」、「時間」都不一樣的，形成對照與反差，就像讀這首詩，你讀的感受也不一定和我一樣，這就是你我〈之間〉的不同。這首詩，主要就是寫這樣，當然，這是我的讀法，無須和作者原意相同，也不必和您一樣。這是我們三者〈之間〉的變異。詩，就是這麼奇妙魅人的藝術。（靈歌）

【點評二】

「之間」可以是空間、距離的概念，也可以是一種無形或有形的窒礙。帶有人生哲思的四句，將屬性相同的事或物打破既定的「1＋1＝2」的傳統概念，因此它可以是「大於＞?」或「＜小於?」。

／眼睛／躺／在眼睛裡，／小／了
→只看到目光所放之處，當然見識小了。（目光短淺）

／世界／看／在世界裡，／近／了
→以巨大的視角去看一個宏觀，世界就沒有了距離。

／聲音／擠／在聲音裡，／輕／了
→人言可畏，彼此傾軋，人性的價值還能剩下多少？

／時間／聽／在時間裡，／遠／了
→時間是永恆的，在兩個永恆之間，也就更遙遠了。

「躺、看、擠、聽」即是「之間」的各種可能性。
（寧靜海）

【點評三】

高明的「錯置」的技巧。

〈之間〉

眼睛躺在眼睛裡，小了
世界看在世界裡，近了

聲音擠在聲音裡，輕了
時間聽在時間裡，遠了

「躺、看、擠、聽」四字，我猜原本是在這樣的
句子裡：

　　眼睛看在眼睛裡，小了
　　世界躺在世界裡，近了

　　聲音聽在聲音裡，輕了
　　時間擠在時間裡，遠了

　　因為將它錯置，視覺不屬於視覺，聽覺不屬於聽覺，空間（世界）不屬於空間，時間不屬於時間，就給人更多思辨的可能，也豐富了詩的意涵。

　　和照片對照著讀，更明確的意思可以變成這樣（大人和小孩亦可對調）：

　　大人的眼睛躺在小孩的眼睛裡，變小了
　　大人的世界看在小孩的世界裡，變近了

　　大人的聲音擠在小孩的聲音裡，變輕了
　　大人的時間聽在小孩的時間裡，變遠了

這是寫父子的〈之間〉。（蘇紹連）

【原作】

〈之間〉

眼睛躺在眼睛裡，小了
世界看在世界裡，近了

聲音擠在聲音裡，輕了
時間聽在時間裡，遠了

詩寫在詩裡，亮了
讓你來世也不會迷路

主義

眼睛都躲在窗下
雙手　推，驚見
所有耳朵豎起來，等

第一聲槍響

【點評一】

　　所有眼睛應指百姓，躲在至高點的眼睛之下〈權力〉，雙手一推〈也許是一種革命〉，驚見所有耳朵豎起來，就等誰要開第一槍。主義貫穿思想，獨裁將面臨嚴峻考驗。試讀～（**游鍫良**）

【點評二】

　　我以前讀過的書，說：主義是一種思想，一種信仰，一種力量。

　　譬如說，後現代主義可以是我們的思想，信仰，力量。但文學創作，何妨嘗試不同的主義，不同的內容，不同的手法。（**蕭蕭**）

【原作】

〈主義〉

所有眼睛都關在窗外
雙手一推，驚見
所有耳朵豎起來，等

第一聲槍響

所有腳一哄而散
留下風，抹著
來不及乾的血跡

【修改】

〈主義〉

所有眼睛躲在窗下
雙手一推，驚見
所有耳朵豎起來，等

第一聲槍響

【建議一】

雙手一推，驚見
所有眼睛躲在窗下
所有耳朵豎起來，等

第一聲槍響（白靈）

【建議二】

所有眼睛躲在窗下

雙手一推，驚見
所有耳朵豎起來，等
第一聲槍響（白靈）

【建議三】

所有瞪大的心躲在窗下

雙手一推，驚見
耳朵們豎起來，等
第一聲槍響

所有眼睛、所有耳朵，稍嫌累贅。
白靈建議1，佳。（**蕭蕭**）

【建議四】

好讚的分享，我來搞怪的

所有雙手躲在窗下
槍豎起來，等
第一隻耳朵

眼睛一哄而散（葉莎）

【建議五】

第一聲槍響

雙手一推，驚見
所有耳朵豎起來
所有眼睛躲在窗下（王勇）

【和詩】

〈理想〉

所有種子都還在土裡
耳朵冒出，照見
所有山峰退開來，才

第一道閃電（季閒）

真相

砰！

所有的腳一哄而散

風低頭路過
不語

【評】

短短的詩句中卻有驚人之作。

1. 有場景

2. 有人物

3. 有情節

4. 有詩的語言

5. 有視角的運用

6. 扣緊詩題

這首詩不只寫得唯妙唯肖,還有小小說的結構象徵風味。

砰!→是開始也是結束。(**游鍫良**)

【原作】

〈主義〉

所有眼睛都關在窗外
雙手一推，驚見
所有耳朵豎起來，等

第一聲槍響

所有腳一哄而散
留下風，抹著
來不及乾的血跡

求知

翻開書頁

一隻鳥飛了起來

越飛　越高　越遠

一條蛇向天空伸了個懶腰

【點評】

前三句架構出的畫面生動且張力十足。（**寧靜海**）

有諷刺味，鳥是一句得，蛇是一本書。無足的不明有翅的，土象星座的嘲笑風象星座的。何者高，有時難料。

截句後比原稿棒多了。所以截好句再加添，使詩創作空間彈性更大。此詩是好示範！（**白靈**）

【原作】

〈求知〉

翻開書頁
一隻鳥飛了起來

開合之間
　　　　越
　　　　　飛

卡夫截句

越
　　遠
　　　遠
　　　　遠

只有天空理解我

我的眼光比他還要大

信念

脚　夢見飛鳥
只有眼睛可以理解

學會合十
不再和走獸賽跑

【點評】

　　四行詩隱藏著生命的進化過程：腳夢想飛翔，只有望穿，欲窮千里的眼睛理解渴望。

　　「學會合十後」點出詩題「信念」，原來所有的夢想接泡影一場，已無需與走獸與人競賽。

　　文字精煉，意涵廣大深邃。

　　起人智慧，小詩典範。（**靈歌**）

【原作】

〈信念〉

腳懂得土地

所以不會出走

妙在

也會夢見飛鳥

只有眼睛可以理解

學會合十
不再和走獸賽跑

詩念

纏得越久

　　　掙得越急

　　　　纏得更緊

哪裡是我的曠野？

【點評】

最後一句炸開曠野夜空的煙花！（**靈歌**）

末句是大哉問，有空谷鐘聲盈耳，久久難褪！
（**白靈**）

詩念一首，念是抽象的，纏使他有了意象，這就
是意象。更不說曠野，對比性的意象。

像蛇一般纏得越久
掙得越急
纏得更緊

哪裡是我的曠野？

詩念，我無意改動。只是提供你思考，用了自己
內心出現的「蛇」字，具體了，但也限定了，說不定
有人心中出現的是藤蔓，就被排除了。（**蕭蕭**）

【原作】

〈詩念〉

一條蛇纏住

掙得越久越急纏得越緊

不能呼吸

【點評】

　　跳開的念頭：這三行是一路下來的順敘句，如果
第三行有跳開的安排，才有解決的途徑，如：

　　一條蛇纏住

　　掙得越久越急纏得越緊

　　那裡是他的曠野？

　　彷彿在為詩念找詩的出口。

一條蛇纏住

掙得越久越急纏得越緊

遠方那棵樹向天空伸了伸懶腰

以對比的情境提供詩路的可能。（**蕭蕭**）

卡夫_截句

想把路走直
許多手橫過來

我斷成拉鍊
誰能拉上

【點評】

　　成長的路上，我們都被有形無形的力量牽拉、控制，或是橫加塑造。誰都經歷過自尊斷裂，感情受傷的時刻。也許一直要到真正找回自己的時候，我們才能拉上拉鍊，再一次完整。很喜歡這首詩，這是我的讀後感。（邱逸華）

　　我想張遠謀的IYV是拉鍊的形象，也是詩中三個階段的走向：走直的I，許多手的Y，拉鍊的V。（蕭蕭）

　　老師妙解，學生確實想描寫拉鍊的三種形象：拉鍊打開以前是正直的我（I）；但是被很多手拉開曲解成歪（Y）；可以退讓還是要有所堅持，不斷開的雙贏局面就是勝利（V）。（張遠謀）

【原作】

〈--------〉

不過是想把線畫直

許多手橫過來

要我繞道

我不隱身，斷成

尖刀，來不及

收起尖刺　只好扎自己

【修改】

〈--------〉

不過想把自己畫直

許多手橫過來

要我繞道

我不轉身，斷成

虛線，移動

如拉鍊　終究要拉上

【點評】

1. 單字思考：

我不轉身要勝過我不隱身。

轉，符合前後語意。

斷成虛線要勝過斷成尖刀。

虛線，跳開實物的思考，佳。

尖刀，現實中不可能，超現實裡也沒有延伸的意義；最後，刺向自己，也沒有邏輯的必然。

2. 拉鍊的思考：

拉鍊原來是用來解決直與曲的對立，所以，何必「終究要拉上」？

卡夫_截句

我不轉身，斷成
虛線，移動如拉鍊（**蕭蕭**）

僅此一次

在風也過不來的地方
用身體鑿開黑夜

鏤空的影子
正在過濾燒爐前的聲音

【點評】

　　古希臘哲學家赫拉克利特，他曾說過一句名言：
「人不能兩次踏進同一條河流。」此詩題的〈僅此一
次〉，某種程度也呼應了這句話。

　　第一節「在風也過不來的地方／用身體鑿開
黑夜」，我們可以感受到這是一個特殊的空間，是
「風」都進不來的空間，勢必非常的封閉，或者是一
個受困之處？所以是暗黑的，「用身體去鑿開黑夜」
以「身體」的「實」來相對於第一節的「虛」，表示
是有一個人存在於此，並且意圖衝破這個閉鎖暗黑的
空間。

　　第二節「鏤空的影子／正在過濾燒爐前的聲
音」，「鏤空的影子」正意喻著以身體鑿開之後的千
瘡百孔，為何「過濾燒爐前的聲音」？因為在這個衝
撞過程，某種程度是已死了一次，是昨日的死，何嘗
不是今日的生？

　　對應「人不能兩次踏進同一條河流」，是一種拋卻我執，或者是一種困境的突破，不再覆轍的自我對話。

　　以上是觀點之一，其實另外我也想到陳映真先生唯一的一首詩〈工人邱惠珍〉。邱惠珍是華隆的女工，她為了養育三個子女，身兼數職，終日像陀螺般轉，華隆積欠工資讓她幾乎無法生活，所以她就集結同事跟廠方主管爭取權益；但是後來卻慘遭同事背叛，因為主管單點突破，私下跟部分員工和解，導致沒有人理會邱惠珍，因此就在某日她兼完差要去華隆上班的途中喝下農藥自盡。

　　此詩「在風也過不來的地方／用身體鑿開黑夜／／鏤空的影子／正在過濾燒爐前的聲音」不正也道盡邱惠珍的處境！她是何等孤立無援，受盡人間冷暖及資本家的壓榨，她以身體的死來抗議，而她那被冷眼射穿的影子，她被火化的的餘燼，政客的冷漠、媒體

的忽視、同事的無言……這些沉默的聲音，要不被人道主義的陳映真先生注意到渺小女工邱惠珍，是否能引起我們一些些注視？是否能引起我們不要被譁眾取寵的聲音淹沒……

　　一首詩能否引起共鳴，我想應該是有類似生命經驗的人或語言的表述頻率有所觸動，它引領我們思考更多層面的範疇。

　　註：〈工人邱惠珍〉http://www.coolloud.org.tw/node/60075）（葉子鳥）

這樣就過了一天

剛過下午
夜就來敲門
開不開門　無處可逃

反正我是向晚的黃昏

【點評】

　　何止一天？一星期一月一年十年一生就這樣過了。雲也淡，風也清。（**白靈**）

　　（開不開門，無處可逃）讓我想到大學時讀的，很喜歡的沙特名劇（No exit）。（**曾美玲**）

　　想來有好些人都已走近黃昏。黃昏是一天裡最璀璨的時刻，晚霞舞踴潑彩，凝聚一天的精華。既然無處可逃，躲進詩裡吟誦或坐下來靜心品味觀賞。

　　這一天的精華時刻，亦是美哉！即使黑幕垂降，現在的LED燈照明很好，只要心亮，夜一樣可以很亮。（**陳藍芸**）

【原作】

〈與死亡對話〉
剛過餉午
屋外

夜提早敲門

開不開門

無處可逃

反正我是向晚的黃昏

躺那裡

不就這樣過了一天

一場突然風雨

亂了下午步伐

清晨在手中還微熱

喝也來不及了

…………

卡夫截句

新截附原作／新創

瞄

右眼是一顆子彈
上膛了

一個一個一個一個
倒地了

【原作】

〈瞄〉

槍管後面

右眼是一顆子彈

瞄準器前面

打中每個的目標

都是自己

雕像一

要我如何相信
只能仰望你

頭　頂著天空
就不會說謊

【原作】

〈雕像〉

要我如何相信
只能仰望你

三月，耳朵列隊走過你的腳下
眼睛在過濾風聲
剩下一種聲音
不會被槍斃

要我如何相信
你直頂著天空
就不會說謊

九月，國家受難日
誰寫的歷史是歷史

雕像二

死了　還要站著

不允許躺下
試試大地的寬窄

卡夫_截句

餘生

妳的哭喚鑿開一條隧道

千繞百轉　風也逃不掉

我一路爬行

如果明天還在

【原作】

〈隧道〉

妳流的血
染紅五月的眼睛
一直到六月的淚水
也一樣紅

妳的哭喚，微弱
在我體內鑿開一條隧道
只是千繞百轉
風也逃不掉

今生不再有出口
我在妳的黑暗裡活著

末路

槍管多長

我的黑夜就多深

血就流多遠

影子　也不留下

【原作】

〈子彈〉

槍管能有多長

離你就有多遠

從此　身不由己

走上不歸路

落花

來不及美麗
風雨就來送葬

多麼想彎身和妳說　回家了

【原作】

〈**落花**〉

來不及美麗

風雨就來送葬

仰望一世的哀傷

多麼想彎身和妳說

回家了

可是我不能

我只是一棵樹

如果

前世不是一把弓
今生怎能化身為箭
奮力拉開天地

哪裡是我的日月

【原作】

〈如果前世不是一把弓〉

如果前世不是一把弓

今生怎能化身為箭

仰臥轉世風中

隱約聽見來世戰場上顫慄的心跳聲

所有渡口都硝煙封鎖，無非

要我

奮力拉開自己

飛出溢滿淚水的胸膛

染紅山野

就算黑夜不給我眼睛

還是要與日月一起

闖過

卡夫截句

遙不可及的
　　　天
　　　　與
　　　　　地

妒忌

橫出一根刺

‧個仙人掌部落　蔓延

窄小的土地　不再看到刺

【原作】

〈妒忌〉

橫出一根刺

一個仙人掌部落

迅速蔓延

窄小的土地

再也看不到

刺

此後

淚水穿過淚水
繁殖更多的傷口

時間在時間裡腐爛
誰能超渡我

【原作】

〈此後〉

只有妳知道

我無處安身，淚水

穿過淚水，繁殖

更多的傷口

我的肉身已壞，無需

隱藏，時間在時間裡

腐爛，惟詩

方可超度

此後

一切如常

三生

一端是前生　一端是來世
今生已是白髮
和時間玩蹺蹺板

鏡子

眼睛　用想也不能走近
只好假裝看不見

一絡長髮爬了出來
誰來認領

【原作】

〈鏡子〉

要我如何測量與妳的距離

即使有光

眼睛

連想也不能走近

只好假裝有淚

距離

伸長了手
也捉不住擦身而過的聲音

【原作】

〈距離〉

伸長了手

也捉不住擦身而過的聲音

那是無可救藥的距離

想以眼淚磨墨

鋪天蓋地來的悲傷

早已等不及我寫完這首詩

思念

左眼躺在右眼夢裡

失眠了

希望

我相信愛
眼睛不用淚水來偽裝

就像有時晴有時陰有時細雨濛濛

卡夫截句

【原作】

〈希望〉

我相信光
這不是眼睛的想像

我相信愛
這不是淚水的假象

我相信　　不需隱喻
只要一直都相信

後來

爸！　爸！

窗外的風雨　應聲離去
我放下筆，淚流成行

卡夫_截句

【原作】

〈後來〉

後來，聽見你的聲音
十方醞釀的風雨
悄然隱去

每一個過得不安的晚上
都會是詩，或許
我找不到華麗的形容詞
也要虛張聲勢
寫完最後的一首詩

我放下筆，淚流成行

56歲

我的一生　翻來覆去
逃不出一張手掌之外

攤開來　千萬條河
我要在哪裡棄舟上岸

【原作】

〈掌紋〉

我的一生　翻來覆去
逃不出一張手掌之外

看了一遍又一遍
生命線夾在七零八落日子裡
未能延長
四面八方擴散
上演未遂的悲劇

歲月山水裡重疊
埋葬一路來的風雨
攤開來　千萬條河
詮釋著已知與未知的漂泊

合十

所有能流的淚
眼睛都說過了

我　合十
合不上一路走來的黑

寫詩

是誰？生我為淚

要我　捨身

串成妳手中那如花盛開的念珠

惟詩　方可打結

讀詩

妳的紅唇
是夾在詩裡的書籤

妳讓第一首詩解開背後的釦子
躺下　等我吟誦

卡夫_截句

【原作】

〈讀詩〉

妳的紅唇

是夾在詩裡的書籤

今夜　妳脫下月光披在身上的衣裳

讓第一首詩

解開背後的釦子

躺下　等我

吟誦

妳不必問我

妳很溫柔，妳的

高潮想不到也很溫柔，想不到的是

妳的溫柔連高潮也很溫柔

所以　我讀詩

仙人掌

如排列的墓碑　　注定蒼涼

不死是天生的悲哀
堅強是硬撐的謊言

你是世上最後的誓言

【原作】

〈仙人掌〉

不死是天生的悲哀

堅強是硬撐的謊言

長年累月

和影子廝守不毛之地

注定蒼涼

嚴酷的白日去了

冰冷的夜晚來了

狂雨後

守候是一段更長的旱季

你是世上最傻的誓言

不分四季

一輩子站著

如墓碑排列在遭人遺忘的國度裡

守候今生

你是孤島最長的黑

剩下一盞燈
也要點燃多情

就算來世也忘不了回家的路

【原作】

〈守候今生〉

今年最後一個夜裡

最後一秒一眨而過

哀傷沒有一起離去

你是孤島最長的黑

剩下一盞燈

也要點燃多情

就算來世也忘不了回家的路

我的玫瑰

讓我緊緊抱著妳
刺　就不見了

血流乾了
我的心還是比妳紅

寫詩的人

穿入雨隙
風聲中追逐想像

都是夢的釋放，都在
邊界之外……

【原作】

〈寫詩的人〉
穿入雨隙
風聲中追逐想像
向前
　　　　　忽左
　　　　　　　忽右
　　　　　　　　　往後
都是夢的釋放，都在
邊界之外⋯⋯

每一次落地
不動聲色，只有
雲知道
天空是我的倒影

椅子不空
——致劉曉波（1955-2017）

所有人站了起來

你還是坐不上去

他們搶先入座

要你相信　椅子不存在

老兵不死

…不需問

……不許問

………不該問

活著只能坐在方格子裡　等

【原作】

〈老兵不死〉

退守黃昏

最後的光成了過河卒子

每一寸時間都是焦土

看不見的火炮猛烈

要我向前的不知所蹤

活著只能坐在方格裡

　　　　　　　　　等

…不需問

……不能問

………不該問

如一把尖刀挺進

－－

　　　　　　　— —

　　　　　　　　　— —

來不及越過防線

身後黑夜來襲

我的存在

妳的聲音　幻千萬雙手
超度了累劫不能流盡的淚水

我的存在　無所謂悲傷

所以，留白

我打開詩的溫度
再深的意象也承載不了過重的悲傷

所以，留白
讓流血找不到更多的藉口

【原作】

〈所以，留白〉

詩把時間褶成夢

淚水不再私藏

我打開詩的溫度

再深的意象也承載不了過重的悲傷

所以，留白

讓流血找不到更多的藉口

要是你不來

一無所有的天空

如何飛出憂鬱無盡的夜

冬天的距離

如何會有貪婪的期盼

【原作】

〈要是你不來〉

要是你不來
一無所有的天空
如何飛出憂鬱無盡的夜

早已習慣　風雨的鞭打
要不是陽光是你的翅膀
哀傷怎能捲入雲裡
夢想開始繁殖

就算春天的詩遲到
夏日一展翅
紅遍秋天山林
最美的輝煌全都給了你

要是你不來

冬天的距離

如何會有貪婪的期盼

沒有事發生

一條老狗在舔天氣
一群條子在圍捕竄逃的風
一個老男人被年輕女人的聲音清洗著

懶洋洋的街道若無其事地坐了一個下午

我的前半生

山在山之外
河比想像更遠

我的痛　詩之外

妳冷冷的聲音充滿距離

我聽到腳步聲

來不及轉身

只好假裝與妳相遇

不想妳發現我的詩患了憂鬱症

【原作】

〈妳冷冷的聲音充滿距離〉

我的眼睛沿著這條街走著

另一條街上

妳的長髮　　風也刺痛

我聽到腳步聲

來不及轉身

只好假裝與妳相遇

不想妳發現我的詩患了憂鬱症

穿過這條街

妳冷冷的聲音充滿距離

遙不可及

時間坐在時間裡忘記時間

不可擅越，一步即成孤獨

為了尋找一條在冬天不會冷凍的河

左手的刀
　　　　　刺
　　　　　　右手的掌
　　　　　　　　喝自己的血……

【原作】

〈撐燈的哀傷〉

為了尋找一條在冬天不會冷凍的河

我離開母親

提一把刀

兩壺酒和一盞燈

走進冰封森林裡

狂舞的白雪

埋葬了來時的腳步

就像凍結體內血管般

冷藏我的歷史

我走在一個失去記憶的世界裡

看見許多凍僵屍體

或東或西躺著

如此寒冷天氣裡

除了一盞燈

一把刀

什麼都沒有

斷奶後

喝酒不是惟一辦法

為了守住這盞燈

左手的刀

刺右手的掌

喝自己的血……

卡夫截句

組詩

三

髮的紀事

一　髮的印象

纏住那等待釋放的眼睛

風裡　把我

盪來

　　盪去

二　髮之戀

路　越走越蕩漾

站著　也很淫蕩

妳不在乎

任我香氣中消散

三　像我這樣迷戀長髮的一個男子

整個下午都在髮裡流浪

等待風起

捲我　上岸

香港高樓

一　高

向北

方能挺入越來越擠的天空

鳥也不能飛　風只可仰望

二　直

必須並肩　像閃電
插入這片正在失血的土地

稍一轉身
北來的風就會攔腰切斷

三　尖

萬箭齊放
都刺不穿正在變色的天空
也看不見陽光

四　…………

後記

「截句」讓我的詩獲得新的生命。

葉子鳥說我是「截後重生」，靈歌說我是「自截與被截的詩句」，他們都從兩方面點出了這本「卡夫截句」的特點。

我對截句的看法是比較傾向於截舊作，許多原本以為很滿意的作品，一截之後，竟然發現有如此大的修改空間。我以為截句不應該只是機械式的刪減行數，四行以內只是一種形式上的要求，截句真正的意義應該還包括詩想上的「自截」，所以，它可以是跳行來截，可以是跳字來截，也可以是數行截成一行，甚至是在原來的詩句上賦予新的詩想，這也就是葉子鳥說的「截後重生」。

「截句運動」始於FB詩論壇。白靈是截句的倡導

　者，我被他點名，所以就積極參與寫截句。許多張貼
在FB詩論壇的詩作，都曾引來不同的討論，甚至有許
多人還提出了各種「截法」的建議。我發現到同一首
詩，即使只是四行，也可以有很多難以想像的變化，
我從中獲得極大的啟發。把這些過程記錄下來，也許
對後來者會有幫助，這也就是靈歌說的「自截與被截
的詩句」。

　　「卡夫截句」是我寫截句的一本實驗之作，感謝
葉子鳥和靈歌在百忙中給我寫了如此精湛的序言，也
十分感謝你翻開這本書，希望你閱讀快樂。

臺灣詩學25週年　截句詩系13　PG1947

卡夫截句

作　　者/卡　夫
責任編輯/林昕平
圖文排版/莊皓云
封面設計/楊廣榕

發 行 人/宋政坤
法律顧問/毛國傑　律師
出版發行/秀威資訊科技股份有限公司
　　　　114台北市內湖區瑞光路76巷65號1樓
　　　　電話：+886-2-2796-3638　傳真：+886-2-2796-1377
　　　　http://www.showwe.com.tw
劃撥帳號/19563868　戶名：秀威資訊科技股份有限公司
　　　　讀者服務信箱：service@showwe.com.tw
展售門市/國家書店（松江門市）
　　　　104台北市中山區松江路209號1樓
　　　　電話：+886-2-2518-0207　傳真：+886-2-2518-0778
網路訂購/秀威網路書店：http://store.showwe.tw
　　　　國家網路書店：http://www.govbooks.com.tw

2017年12月　BOD一版
定價：260元
版權所有　翻印必究
本書如有缺頁、破損或裝訂錯誤，請寄回更換

國家圖書館出版品預行編目

卡夫截句 / 卡夫著. -- 一版. -- 臺北市 : 秀威
資訊科技, 2017.12
    面； 公分. -- (截句詩系；13)
BOD版
ISBN 978-986-326-503-0(平裝)

851.486   106021660

讀者回函卡

感謝您購買本書，為提升服務品質，請填妥以下資料，將讀者回函卡直接寄回或傳真本公司，收到您的寶貴意見後，我們會收藏記錄及檢討，謝謝！
如您需要了解本公司最新出版書目、購書優惠或企劃活動，歡迎您上網查詢或下載相關資料：http:// www.showwe.com.tw

您購買的書名：＿＿＿＿＿＿＿＿＿＿＿＿＿＿＿＿＿＿＿＿＿＿＿＿＿

出生日期：＿＿＿＿＿年＿＿＿＿＿月＿＿＿＿＿日

學歷：□高中 (含) 以下　　□大專　　□研究所 (含) 以上

職業：□製造業　□金融業　□資訊業　□軍警　□傳播業　□自由業
　　　□服務業　□公務員　□教職　　□學生　□家管　□其它＿＿＿

購書地點：□網路書店　□實體書店　□書展　□郵購　□贈閱　□其他

您從何得知本書的消息？

　□網路書店　□實體書店　□網路搜尋　□電子報　□書訊　□雜誌

　□傳播媒體　□親友推薦　□網站推薦　□部落格　□其他＿＿＿＿＿

您對本書的評價：(請填代號　1.非常滿意　2.滿意　3.尚可　4.再改進)

　封面設計＿＿＿　版面編排＿＿＿　內容＿＿＿　文／譯筆＿＿＿　價格＿＿＿

讀完書後您覺得：

　□很有收穫　□有收穫　□收穫不多　□沒收穫

對我們的建議：＿＿＿＿＿＿＿＿＿＿＿＿＿＿＿＿＿＿＿＿＿＿＿＿＿

＿＿＿＿＿＿＿＿＿＿＿＿＿＿＿＿＿＿＿＿＿＿＿＿＿＿＿＿＿＿＿＿＿

＿＿＿＿＿＿＿＿＿＿＿＿＿＿＿＿＿＿＿＿＿＿＿＿＿＿＿＿＿＿＿＿＿

＿＿＿＿＿＿＿＿＿＿＿＿＿＿＿＿＿＿＿＿＿＿＿＿＿＿＿＿＿＿＿＿＿

11466
台北市內湖區瑞光路 76 巷 65 號 1 樓

秀威資訊科技股份有限公司　　　收

BOD 數位出版事業部

....

（請沿線對折寄回，謝謝！）

姓　　名：＿＿＿＿＿＿＿＿＿　年齡：＿＿＿＿　性別：□女　□男

郵遞區號：□□□□□

地　　址：＿＿＿＿＿＿＿＿＿＿＿＿＿＿＿＿＿＿＿＿＿＿

聯絡電話：(日) ＿＿＿＿＿＿＿＿＿＿　(夜) ＿＿＿＿＿＿＿＿＿＿

E-mail：＿＿＿＿＿＿＿＿＿＿＿＿＿＿＿＿＿＿＿＿